Ulrike Wendt

Neues vom Grinsebäckchen

Geschichten zum Schmunzeln
und Lächeln

Bod Verlag

Books von Demand GmbH

2016

„Herzlichen Glückwunsch"

„Herzlichen Glückwunsch! Sie haben ein Wochenende mit Vollpension m Höllental gewonnen. Der Teufel persönlich wird Sie begrüßen." Hurra, ich hatte eine Reise gewonnen. Wie ein kleines Kind freute ich mich. Vermutlich sollte es Herr Teufel heißen und der Schreibfehler war dem Reiseveranstalter gar nicht aufgefallen.

So stand ich dann am nächsten Wochenende am verabredeten Treffpunkt und ein großer Bus hielt pünktlich neben mir. Die Türe öffnete sich und ein strenger Herr begrüßte mich im Kasernenton. So hatte ich mir den Anfang meiner Reise nicht vorgestellt. Im Bus saßen bereits einige Leute. Alle hatten rote Haare und aus ihren Köpfen dampfte es. Ich dachte mir, dass es daran liegen musste, weil es im Bus brütend heiß war, denn ich merkte, dass auch ich anfing zu schwitzen. Durch die Fenster im Bus konnte man nicht nach draußen sehen. Man sah sich nur selbst darin. Und was sah ich? Ich hatte auch plötzlich rote Haare. Ich wollte mich an den strengen Herrn wenden, aber seine Augen ließen mich sofort verstummen.

Endlich kamen wir im Höllental an. Über dem Eingang des Hotels hing windschief das Schild „Niewieder". Es sah nicht vertrauenserweckend aus und ich war auf mein Zimmer gespannt. Doch es gab kein Zimmer. Wir wurden in eine große heiße Halle geführt, bekamen kleine Löffelchen in die Hand und mussten damit große heiße Felsbrocken auseinander brechen. Die Information bestand darin, dass diese Arbeit einer Sauna gleich komme. Also ehrlich, eine Sauna kenne ich anders.

Dann ertönte eine Fanfare und auf einer goldenen glühenden Kugel schwebte Herr Teufel herein. Er hatte ein fürchterliches Lachen und erzählte unglaubliche Dinge. Ich rieb mir meine Augen, denn ich hatte plötzlich eine Ahnung. Doch bevor ich sie aussprechen konnte, wurde das Abendessen hereingefahren. Es gab Würstchen, die in Sekundenschnelle gar waren. Kein Wunder bei der Hitze hier. Zu trinken gab es nur warmen Sekt und ruckzuck waren alle betrunken.

So nach und nach schliefen alle ein und wurden nach ein paar Stunden mit einem Gongschlag wieder geweckt. Es gab ein Spiegelei für jeden auf die Hand. Selbstverständlich war auch das in Sekundenschnelle wieder gar. Ich wunderte mich über gar nichts mehr. Herr Teufel zeigte uns dann die ganze Schönheit vom Hotel „Niewieder". Aber die Schönheit musste wohl ein paar Jahre her sein, denn überall bröckelte der Putz von den Wänden. Das Schwimmbad diente nur noch zwei Goldfischen als Zuhause und lockte keine Besucher mehr an. Dann stolperte ich und fiel hin. Als ich wieder zu mir kam, hielt ich den Brief vom Teufel in der Hand…..Gut, dass ich nicht mitgefahren bin war mein erster Gedanke!

Praktikum

Ob es schön ist, ein Engel zu sein? Sie schrieb einen Brief an die Engelsbehörde und bat um einen Praktikumsplatz als Engel. Schließlich wollte sie später einmal einer werden, wenn sie alt und grau war. Die Engelsbehörde antwortete nicht gerade sehr schnell und schickte dann mit einem Engelsboten eine Einladung zu einem Praktikum. Ehe sie sich versah, war sie im Himmel.

Hier war es ganz anders, als sie es sich vorgestellt hatte. Überall standen alte Schreibmaschinen herum, vor denen Engel saßen und endlos lange Briefe tippten. Neben den Engeln saßen Zwerge mit einem Stempel und wenn ein Brief im Briefumschlag gesteckt war, knallten sie mit lautem Karacho den Stempel auf den Briefumschlag. Die Post wurde dann von Schildkröten angenommen und weitertransportiert. Das ging ziemlich langsam voran und am Ende stand dann ein Schlitten mit Rennmäusen bereit, um die Post in die verschiedenen Orte zu bringen. Ein wirklich ausgeklügeltes System muss ich sagen.

Sie arbeitete nun als Engel-Praktikantin in der Wolkenkammer. Ihre Zuständigkeit bestand darin, für Nachschub bei den Schönwetterwolken zu sorgen. Leider wusste sie nicht, welcher der tausend Knöpfe sie dafür drücken musste und es passierte, dass es auf der Erde tagelang nur Regenwolken gab. Die Engel hatten viel zu tun und konnten nicht ständig die Fehler der Praktikantin korrigieren. Leider war auch kein anderer Praktikumsplatz frei und so langsam fühlte sie sich überfordert und sehnte sich nach ihrem alten Leben zurück.

Doch so einfach ging es nicht zurück in ihr altes Leben. Die Wolkenleiter war defekt und anders konnte man den Himmel nicht verlassen. Da saß sie nun auf einer Schönwetterwolke und hoffte, dass diese bald freigegeben wurde und sie damit hinaus segeln konnte. Zu allem Überfluss brauchte sie auch noch eine Praktikumsentlassungsbescheinigung. Der Engel, der dieses Wort tippten musste, vertippte sich dabei ständig und so flatterten Blatt für Blatt zuerst durch einen Reißwolf und dann hinab zur Erde. Dort kamen sie als Schnee herunter. Was für ein Desaster. Endlich war es dann soweit. Leider dauerte es dann noch eine ganze Zeit, da die Schildkröte ihr die Praktikumsentlassungsbescheinigung überbringen musste. Glücklich hielt sie diese dann in den Händen und erfuhr, dass die

Himmelsleiter wieder bereit für den Abstieg ist. Jetzt weiß sie jedenfalls, dass sie doch noch kein Engel sein möchte......

Buchstaben

Das Briefpapier lag vor ihr, aber ihr vielen keine Worte ein, die sie dort hätte drauf schreiben können. Da fing das Briefpapier leicht an zu zittern und es kullerten Buchstaben aus ihm heraus. Doch was sollte sie mit diesem Buchstabensalat jetzt anfangen? Worte bilden, die nichtssagend sind oder lustige Worte, die fehl am Platz waren?

Die Buchstaben tanzten auf dem Briefpapier hin und her, rauf und runter. Sie machten Wellen, legten sich nebeneinander oder übereinander. Es war ein Chaos auf dem Briefpapier. So nahm sie das Radiergummi und begann Buchstaben auszuradieren. Doch sobald sie verschwunden waren, kamen neue Buchstaben hervor.

Urplötzlich begannen die Buchstaben sich in

einer Reihe zu sortieren. Es entstanden Worte wie Mut und Stärke, Traurigkeit und Fröhlichkeit, altes und neues Leben. Staunend sah sie auf ihr Briefpapier und diese Worte, die viel in ihr auslösten. Mit einem Mal musste sie weinen und Tränen tropften auf das Briefpapier. Die Worte verwischten und waren nicht mehr lesbar.

Bis auf ein Wort, das sich wieder aus der Tränenmasse gelöst hatte. Es hieß: Zukunft. Die Zukunft lag wieder vor ihr mit neuen Eindrücken, mit dem Gefühl geliebt zu werden. Aus diesem Wort wurden viele. Ihre Hände tanzten über die Tastatur und das Briefpapier füllte sich mit vielen Worten.

Als die letzte Zeile geschrieben war, war auf jedem Buchstaben ein Lächeln zu sehen. Kleine Glücksraketen starteten aus den Buchstaben und verzauberten das Briefpapier. Eine weiße Eule kam vorbeigeflogen und nahm den nun fertigen Brief entgegen. Sie flog fort, dorthin, wo die Liebe nun ihren neuen Platz hatte und alle Buchstaben winkten noch einmal. Das sah lustig aus und ein Lächeln huschte über ihr Gesicht.....Die Zukunft kann beginnen.

Die Laune und der Frohsinn

Die schlechte Laune hatte heute einen guten Tag. Sie hatte sich bei dem einen oder anderen Menschen eingenistet und ließ deren Tag endlos grau erscheinen.

Kevin hatte die schlechte Laune arg erwischt. Er war unausstehlich und seine Mitmenschen mochten ihn überhaupt nicht mehr ansprechen. Sie dachten, dass diese Phase eine kurze Phase sei und in ein paar Stunden alles wieder beim Alten war.

Die schlechte Laune freute sich jedoch, dass Kevin so durchweg mies gelaunt war und machte kleine Freudensprünge. Während dieser Freudensprünge erschien Kevin gut gelaunt und flachste auch herum. Er machte Witze und merkte gar nicht, dass die schlechte Laune wieder in ihm hoch kroch. Sie kroch schnell wie eine Schlange, war noch schlechter gelaunt als üblich und pochte in seinem Kopf herum.

Die schlechte Laune verursachte Kopfschmerzen und Magenschmerzen. Sie steuerte sie vom Kopf aus und machte sich einen Spaß daraus, Kevin mit seiner schlechten

Laune zu beobachten.

Eines Tages traf die schlechte Laune im Kopf den Frohsinn. Was für ein Zusammentreffen. Die schlechte Laune zeigte sich von der schlimmsten Seite, aber der Frohsinn war davon nicht beeindruckt. Er schob die schlechte Laune einfach nach ganz hinten im Kopf, so dass sie kaum noch Bewegungsfreiheit hatte. Eingezwängt hing die schlechte Laune nun da herum, zog mal an dem einen Nerv, mal an dem anderen. Aber kaum hatte sie es getan, kam der Frohsinn und zog die Nerven wieder richtig. Das war sehr anstrengend für die schlechte Laune und so versuchte sie mit dem Frohsinn einen Kompromiss zu schließen.

Dreimal täglich wollte die schlechte Laune beim Kevin Einzug halten und ihm das Leben schwer machen. Auf diesen Vorschlag war die schlechte Laune sehr stolz, denn wer konnte sich schon Meister seines Fachs nennen. In der Schule der schlechten Laune erhielt sie nur die besten Noten. Doch das beeindruckte den Frohsinn nicht und er forderte für Kevin den Abzug der schlechten Laune. Da der Frohsinn so stur war, zog es die schlechte Laune dann tatsächlich vor zu gehen. Sie wollte nur noch ab und zu mal vorbeikommen, womit der Frohsinn auch einverstanden war. Kevin strahlte von dem Tag an oft übers ganze Gesicht und er schien glücklich zu sein. Er vermisste die schlechte Laune nicht und wenn sie da war, wusste er, dass sie bald wieder gehen würde.

Volltreffer

Bereits früh am Morgen machte ich mich auf den Weg zum Geschäft der Tausend Wünsche. Es lag ungefähr Null Kilometer von mir entfernt, nämlich in meinem Herzen. Öffnungszeiten gibt es keine. Rund um die Uhr kann man seine Wünsche äußern.

Heute bin ich tief in das Geschäft der Tausend Wünsche eingestiegen und habe die Theke mit den vielen Herzen gesucht. Zaghaft gab ich meine Bestellung auf, zuerst flüsterte ich sie, dann musste ich sie lauter sagen, damit sie gehört wurde. „Eine Handvoll Glück".....mehr wollte ich nicht.

Ich dachte, das wäre eine einfache Bestellung, aber weit gefehlt. Denn es gibt eine große Menge von Glück. Die Dame hinter der Theke lächelte und leierte alle Glückssorten herunter, so dass mir fast schwindelig wurde. „Stopp"...rief ich. „Das Glück der zwei Herzen, das hätte ich gerne."

Die Dame leierte wieder ihr Programm herunter und ich sollte aussuchen, ob ich blond oder braun, groß oder klein, dick oder dünn, Brille oder keine, Haare oder Glatze, Zähne oder Gebiss, große Zehen, kleine Zehen.....so ging das eine ganze Weile. Ich beantwortete ihr alle Fragen und dann tippte sie auf ein großes leuchtendes Gerät, das dann plötzlich anfing zu summen. Erst summte es leise, dann immer lauter. Schließlich spielte es ein lustiges Lied und um das Gerät herum gingen Raketen hoch.

Schließlich kam ein großer Zettel aus dem Gerät heraus und und ich durfte damit zur Kasse im Geschäft der Tausend Wünsche gehen. Ich stellte mich in der langen Warteschlange an und erwartete die Dinge, die nun auf mich zukommen würden. Endlich war ich an der Reihe, bezahlte mit einer goldenen Karte mit rosa Plüsch mein Handvoll Glück. Ich folgte den Hinweisschildern, wo ich es nun abholen konnte und nahm es glücklich in Empfang.

Eigentlich störte mich nur die goldene Karte mit dem rosa Plüsch......die Handvoll Glück war wirklich ein Volltreffer und wenn man nicht vergaß, ihn täglich aufzuziehen, war er auch ein ganz netter Begleiter. Natürlich nur solange, bis das richtige Glück Einzug hält....So steht es auf dem Beipackzettel.

Der Spiegel

Der Speck muss weg! Soviel stand fest. Der Spiegel sprach eine eindeutige Sprache und er sprach hässliche Worte. Sie waren verletzend und beleidigend, machten traurig und depressiv, anstatt Mut zu machen.

Der Spiegel hatte eine dumpfe dunkle Sprache, leise und heiser. Es lief einem jedes Mal ein Schauer über den Rücken, wenn er sprach. Also stellte man sich möglichst wenig vor den Spiegel. Aber er erwischte einen immer wieder und dann legte er los mit seinen miesen Sprüchen.

Manchmal gelang es mir mit einem Hechtsprung am Spiegel vorbei zu kommen, aber er hatte meinen Speck dennoch erkannt. Er kannte den kleinsten Fetzen Speck von mir. Er hatte sozusagen eine Visitenkarte von mir gespeichert, die bei Berührung mit dem Spiegel aktiviert wurde. Leise, heiser und mit dumpfer dunkler Stimme hörte ich ihn dann sagen, dass mein Speck auf den Rippen eindeutig so fett wie eine Speckschwarte sei. Das war noch nett ausgedrückt von dem Spiegel. Vermutlich hatte er einen guten Tag.

Außer Reichweite des Spiegels machte ich dann meine Turnübungen. Leider gelangte der kleine Zeh an den Rand des Spiegels und wurde erkannt. „Der Speck muss weg....auch am kleinen Zeh"....hörte ich den Spiegel sagen und vernahm ein leises dumpfes dunkles Lachen. Erschrocken zog ich meinen kleinen Zeh zurück und betrachtete ihn eine Zeit lang. Eigentlich fand ich ihn nicht zu dick, aber suchte mir im Internet Übungen für den kleinen übergewichtigen Zeh heraus.

Täglich machte ich jetzt Übungen zusätzlich auch für den übergewichtigen kleinen Zeh. Er entwickelte sich prächtig, wurde schlank und muskulös. Um den Spiegel zu ärgern, hielt ich ihn ab und zu hin und vernahm nur ein Gemurmel. Alle anderen Körperteile hielt ich vom Spiegel fern, solange ich dem Speck den Kampf angesagt hatte.

Leider wollte der Speck von meinen Rippen nicht so weichen wie ich es gerne wollte und die Übungen brachten nicht den erhofften Erfolg. Es wurden lediglich kleinere Speckrollen und ehrlich gesagt, war ich damit zufrieden. Natürlich war der Spiegel damit nicht zufrieden und sagte wieder böse Worte, doch ich war glücklich über den schlanken muskulösen kleinen Zeh und die kleineren Speckrollen. Die Fröhlichkeit musste ich jetzt nur noch nach außen hin ausstrahlen und ich überlegte mir, eventuell jedem meinen muskulösen Zeh zu zeigen, der eine blöde Bemerkung über meine Speckrollen machte. Das würde sicherlich Eindruck hinterlassen. Glaube ich.....jedenfalls.

Stille

Die Stille war bei ihr eingezogen. Sie legte sich wie eine kalte Decke über sie und wich nicht mehr von ihr. Es geschah von einem auf den anderen Moment. Ohne Vorwarnung, aus heiterem Himmel. Gerade hatte sie noch gelacht, doch dann legte sich die Stille über sie und erstickte ihr Lachen.

Anfangs versuchte sie noch diese Stille in sich zu erklären, aber sie fand keine Erklärung, sie fand nur Leere. Sie tat nicht körperlich weh, diese Stille, sie legte sich nur um ihre Gedanken und machte sie schwer, verdrängte alles was schön war um sie herum.

Wenn die Stille nicht so leise war, dann grübelte sie und anstatt Lösungen zu finden, stürzte sie immer tiefer in ein Tal aus tiefen schwarzen Löchern. Es gab dort kein Licht, kein Seil an dem man sich festhalten konnte. So hatte die Stille ein leichtes Spiel, um wieder als Sieger hervorzugehen.

Stille umgab sie viele Stunden und nahm ihr einige schöne Monate ihres Lebens. Eigentlich wäre es doch ein leichtes gewesen sie zu ver-jagen. Mit Musik, mit Lachen, mit

Schreien…….Aber die Stille hatte sie stumm werden lassen. Merkwürdigerweise musste sie zuerst lernen, wieder Worte zu formen, die ihren Mund verlassen sollten. Es erwies sich als eine langwierige und schwierige Sache, aber sie gelang.

Die Stille wurde ganz allmählich in die Ecke gedrängt. Das gefiel ihr gar nicht und sie wehrte sich anfangs oft. Doch der Mut und die Ausdauer halfen, dass die Stille schließlich ganz verschwand. Es erklangen schöne Töne, Melodien und Lachen, alles was als verloren galt, kam wieder zurück.

Jetzt ist die Stille nur noch als Gast da und ist auch willkommen. Aber sie muss auch einsehen, dass sie gehen muss, wenn sie dazu aufgefordert wird.

Aussichtspunkte

Das Auge war es leid, den ganzen Tag alles aus einer Richtung sehen zu müssen und entschied kurzerhand, in den Körper abzuwandern. Es gab bestimmt noch andere Aussichtspunkte, die interessant waren.

So blieb es einige Zeit im Herz und wiegte im Herzschlag hin und her. Es schaukelte Tag und Nacht, bis es ihm dort zu langweilig wurde, ja, es wurde ihm sogar zu laut. Der Herzschlag machte doch ganz schön Krach und das Auge hatte Mühe, seine kleinen Ohren zuzuhalten, damit es einschlafen konnte.

Auf seinem weiteren Weg blieb es nun immer einige Zeit in jedem Organ, erlebte viele Nachteile dort und zog nach kurzem Aufenthalt stets weiter. Das Auge war ein unruhiger Gast und als es so in den Blutbahnen unterwegs war, rutschte es sogar bis in den dicken Zeh hinab. Das gefiel dem Auge gar nicht, denn die Aussicht von hier war gar nicht schön. Es kam sich klein und winzig vor und sehnte sich nach seinem Ursprungsplatz zurück.

Doch so einfach war der Rückweg gar nicht. Das Auge verirrte sich ins Ohr und steckte dort einige Zeit fest, bis ein netter Ohrenarzt es auf die richtige Bahn schickte. Mit einem Pusterohr gab er dem Auge Schwung und tatsächlich sauste es ein ganzes Stück weiter in die richtige Richtung. Leider war die Nase noch im Weg und das Auge steckte auch da plötzlich drin fest. Die Aussicht von hier war ganz gut und es war eine Überlegung wert, ob das Auge nicht hier bleiben sollte. Aber bei jeder Niesattacke musste sich das Auge in der Nase festkrallen und auf Dauer war das keine Lösung.

Also krabbelte das Auge mühsam in der Nase hoch, zog sich in seine Augenhöhle hinein und schnaufte erst einmal herzhaft durch. Dann nahm es seine Position wieder ein und schaute glücklich nach draußen. Ach ja, hier war es doch am schönsten und hier wollte das Auge auch nicht wieder weg.

Aber die Reise war trotzdem aufregend und interessant gewesen, nur wie gefiel es dem Körper, dem das Auge gehörte?

Das Loch

Es war ein tiefes Loch mitten im Wald. Fast wäre sie herein gefallen, doch ein Eichhörnchen warnte sie noch rechtzeitig, indem es heftige, merkwürdige Sprünge vor dem Loch vollführte. Seine Pinselohren wippten ganz aufgeregt hin und her, während es lustige Laute von sich gab.

Während das Eichhörnchen auf den nächsten Baum verschwand, begutachtete sie das Loch. Tief unten aus der Erde kamen gluckernde Geräusche und zwischendurch hörte es sich an, als würden Kugeln rollen. An der Seite von dem Loch hing ein Seil und die Neugierde trieb sie hinab in das Loch, tiefer und tiefer.

Die Geräusche wurden lauter und das Seilende war erreicht. Sie schaute hinab auf ihre Füße, die jetzt in einer dicken Schleimschicht standen. An der Wand stand ein Schild auf dem stand: „Bitte die Schleimschicht nicht mit Käsefüßen betreten. Benutzen sie bitte die links oben auf dem Schleimregal bereitstehenden Gummischleimstiefel!"

Mit den Gummischleimstiefeln stapfte sie jetzt weiter. Das Loch war riesengroß und es gingen viele Gänge davon ab. Überall war eine gewisse Hektik zu spüren und manchmal sah sie in der Ferne auch Wesen vorbei huschen. Aber sie blieben nicht stehen, wenn sie ihnen was zurief.

Sie wunderte sich über die bunten Kugeln, die in immer größerer Zahl an ihr über den Schleimboden vorbeirauschten. Es waren die herrlichsten Farben dabei. Einmal gab es ein

Loch im Gang und sie konnte in eine weitere Höhle schauen. Dort saßen ganz viele Hasen an einem großen runden Tisch. So viele Hasen hatte sie noch niemals auf einmal gesehen. Sie waren alle fröhlich und sangen schöne Lieder.

Auf den Schleimboden kamen all die unbemalten Eier, keine Kugeln, an, die dann von den Hasen gefärbt und bemalt wurden. Es war herrlich anzuschauen, was für tolle Ostereier dort entstanden. Dann wurden die Eier wieder vorsichtig auf den Schleimboden gesetzt und sie machten sich auf den Weg nach draußen. Dieser Weg nach draußen ist aber geheim, den haben die Hasen ihr nicht verraten. Sie haben sie bis zum Ausgang gebracht und ihr zugewinkt. Neugierig sah sie sich noch einmal um. Doch da war nur noch das verrückte Eichhörnchen und ein wunderschönes buntes Ei, das sie in den Händen hielt. Das Loch und die Hasen waren verschwunden. Merkwürdig.....

Außerirdische

Außerirdische sind gelandet. Gestern Abend. Mitten auf meinem Balkon. Sie schauten genauso erstaunt wie ich, aber sie fanden als erstes die Sprache wieder. Leider verstand ich kein Wort von dem was sie sprachen und ich schaute sie verständnislos an. Einer der Außerirdischen drückte daraufhin auf seinem Bauch auf verschiedene bunte Knöpfe, die dort zu sehen waren. Es war das Fremdsprachenzentrum und es wurde solange gedrückt, bis sie die deutsche Sprache gefunden hatten. Eine wirklich tolle Erfindung. Ich habe keine solche Knöpfe auf meinem Bauch, die ich bei Bedarf drücken könnte.

Die Außerirdischen tragen alle rote Sportschuhe mit Klettverschluss. Sie erklären mir, dass sie keine Lust auf Schnürsenkel haben und sich damit immer fesseln. Ich muss kichern, was wiederum die Aufmerksamkeit der Außerirdischen weckt. Sie kennen kein kichern und untersuchen meinen Hals, finden aber nichts. Ich lenke meinen Blick auf den gelben Helm mit den lila Punkten, den alle Außerirdischen tragen. Sie haben ihn vom letzten Planeten mitgebracht. Bei genauerem Betrachten stelle ich fest, dass die lila Punkte auf dem Helm herumkrabbeln. Das verursacht bei mir ein kribbeln und ich halte Abstand von den Außerirdischen.

Inzwischen sind etwa hundert Außerirdische in meiner Wohnung und untersuchen jeden Winkel. Sie hinterlassen Abdrücke mit ihren roten Schuhen auf dem Boden und ich bin darüber sauer. Bewaffnet mit einem Eimer Wasser und einem Aufnehmer wische ich ihre Spuren weg und mit den Spuren auch ein paar Außerirdische. Mit Erstaunen stelle ich fest, dass sie nicht wasserfest sind. Die, die nicht mit dem Wasser in Berührung gekommen sind, flüchten hinaus auf den Balkon. Alle drücken wie wild auf ihrem Bauch herum und hunderte verschiedene Sprachen werden hörbar. Es dauert eine ganze Zeit, bis sie sich alle auf ihre eigene Sprache geeinigt haben und sich auf die Balkonbrüstung stellen. Sie winken mir nochmal zu, murmeln unverständliche Worte und fliegen davon. Wie kleine Punkte verschwinden sie am Himmel und ich verstaue den Eimer und den Aufnehmer wieder in der Abstellkammer. Es war ein merkwürdiger Besuch. Sie hätten sich wenigstens die Schuhe ausziehen können.

Wolkenseil

Auf dem Weg lagen mehrere Herzen. Ich sammelte sie ein und brachte sie in die Herzwerkstatt, die sich am Ende der Himmelsleiter befand. Ein großes Tor mit einem goldenen Schild sagte mir, dass ich an dem dortigen Wolkenseil ziehen sollte. Ich tat dies und es erklang ein kleines, feines Lied, dass zart in meinen Ohren widerhallte.

Hinter dem großen Tor befand sich die Herzwerkstatt. Ich musste 101 Zettel ausfüllen, für jedes gefundene Herz eins. Mir wurde ganz schwindelig dabei, aber die Herzwerkstattengel sagten, dass das getan werden musste. Ich sei selber schuld, dass ich die Herzen aufgesammelt habe. Ich hätte sie ja auch in die Herzmülltonne werfen können.

Nein, das hätte ich nicht tun können, denn vielleicht lohnt es sich, ein verletztes, gebrochenes Herz wieder zu reparieren und seinen Menschen wieder glücklich zu machen. Ich durfte mich in der Herzwerkstatt umsehen und in der einen oder anderen Ecke machte es bum-bum-bum-bum und mit einem Mal schlug ein trauriges Herz wieder im glücklichen Takt. Es wurde dann auf eine schneeweiße Wolke gesetzt und ein Puste-Engel pustete es sanft an, bis es seinen Menschen erreicht hatte.

Das war dann immer ein schöner Augenblick und ich war ganz gerührt, als ich als Belohnung dafür, dass ich die Herzen eingesammelt und in die Herzwerkstatt gebracht hatte, selbst einmal pusten und dieses kleine Wunder erleben durfte. Ganz vorsichtig pustete ich es zu seinem Menschen und erlebte den glücklichen Augenblick, als das reparierte Herz wieder bei ihm ankam. Das war der schönste Moment den ich erlebt habe.

Langsam machte ich mich auf den Rückweg, stieg die Himmelsleiter wieder hinab und ging meinen Weg weiter, auf dem ich vorher die Herzen gefunden hatte.

Schluckauf

Schluckauf-Prinzessin Gloria war ein hübsches Ding. Doch es fand sich bisher kein Prinz, der sie zur Frau nehmen wollte. Denn immer, wenn sie aufgeregt war, bekam sie einen heftigen

Schluckauf und konnte sich kaum mehr unterhalten. Das schreckte die meisten Prinzen ab und sie ritten unverrichteter Dinge wieder davon.

Die Schluckauf-Prinzessin – wie sie im Land genannt wurde – lebte also einsam in ihrem Schloss und so zogen die Jahre ins Land. Sie lernte andere Dinge zu lieben, um sich von ihrer Sehnsucht nach einem Prinzen abzulenken. Sie züchtete dicke grüne Frösche mit hässlichen dicken Warzen, setzte sie in allen Teichen aus und wartete darauf, dass sie geschlechtsreif wurden. Wenn sie dann besonders schön quakten, eilte sie zum Teich, nahm einen hässlichen dicken Frosch in ihre schönen zarten Hände und küsste ihn sanft. So saß sie dann am Teich und wartete auf das Wunder, dass aus dem hässlichen grünen Frosch nun ein Prinz wird. Aber das Wunder geschah nicht. Statt dessen wuchsen der Schluckauf-Prinzessin hässliche dicke Warzen auf der Nase, mit denen sie furchtbar aussah.

Eines Tages spazierte sie vom Schloss kommend an einem Teich entlang und hörte wieder einen Frosch quaken. Doch es war ein kleiner, mickriger, unscheinbarer Frosch. Sie lachte laut und ihr ganzer Körper wackelte dabei. Besonders die dicken hässlichen Warzen auf ihrer Nase tanzten dabei hin und her. Sie beachtete den kleinen Frosch nicht weiter und wollte schon weitergehen, als er sich direkt vor ihren Füßen setzte und wieder laut quakte.

„Was bist du nur für ein kleiner frecher Frosch. Wer...hicks... will ….hicks..dich ...hicks …. schon ….hicks....küssen?", fragte sie den kleinen Frosch. „Nimm mich doch mal hoch und küsse mich. Du wirst überrascht sein über das Ergebnis", sagte der kleine Frosch. Etwas mürrisch folgte die Schluckauf-Prinzessin seinen Worten, nahm ihn hoch und betrachtete ihn erst einmal. Er war klein, ziemlich klein, war glatt wie Schmierseife und hatte zwei strahlend blaue Kugelaugen. Sie blinzelten lustig und irgendwie überkam es die Schluckauf-Prinzessin und sie küsste mit geschlossenen Augen wie wild drauf los.

Es war wie in einem Rausch und als sie die Augen öffnete, stand ein mächtiger Bär mit Krone vor ihr. „Du musst weiter küssen", sagte er und sie tat was er sagte. Als sie dann wieder die Augen öffnete, stand tatsächlich ein Prinz vor ihr. Ein kleiner Prinz mit dickem Bauch und Glatze. Aber er hatte die schönsten Augen, die sie jemals gesehen hatte und in diese hatte sie sich verliebt. So heiratete die Schluckauf-Prinzessin den kleinen Prinzen mit dem dicken Bauch und der Glatze und sie lebten glücklich und zufrieden solange ich denken kann.

Es regnet

Es regnete in Strömen und ich hatte keine Regenbekleidung an. Einen Schirm besaß ich auch nicht. Das war kein angenehmes Gefühl. Zwischendurch änderte sich wohl die Windrichtung und der Regen peitschte aus verschiedenen Richtungen. Inzwischen hingen meine Haare am Kopf wie Klebstoff, doch das änderte sich plötzlich. Mit einem Mal hatte ich Schaum auf dem Kopf und konnte damit meine Haare waschen. Das hatte ich zwar nicht vor, aber wenn es sich nun einmal so ergab, dann tat ich es auch. Ich schäumte also vor mich hin.

Dann hörte der Regen auf und ich sah mich um. Überall stand schmutziges Geschirr und wartete wohl darauf, dass es endlich mal gereinigt wird. Das musste ein komischer Haushalt sein, der sein Geschirr im Regen abstellt und darauf wartet, dass es dann gespült wird. Aber was sollte ich mir darüber Gedanken machen? Es war nicht mein Geschirr.

Während ich darüber nachdachte, setzte wieder der Regen ein. Ich entdeckte ein großes rundes Dach und setzte mich darunter. Meine Freude darüber hielt nicht lange an, denn plötzlich kam auch Wasser von unten hochgeschossen. Es musste wohl ein defektes Rohr sein. So dachte ich es mir und kroch schnell wieder weg.

Ich krabbelte am Geländer nach oben und war dann erstaunt, dort lauter Tassen und Gläser zu sehen. Wahrscheinlich machte mich der Regen verrückt und ich begann die merkwürdigsten Dinge zu sehen. Plötzlich ließ der Regen nach und ein warmer Wind setzte ein. Oh, das war sehr angenehm und ich dachte nicht weiter über die Gläser und Tassen nach.

Weil ich dann aber nicht aufgepasst habe, fiel ich ein Stück tiefer, streifte etwas scharfkantiges und landete auf dem Rücken. Aus den Augenwinkeln blickte ich auf eine Besteckreihe mit Messer, Gabeln, Löffeln, die in einem Kasten steckten und vor sich hin trockneten.

Ich beschloss nunmehr, aus diesem Traum aufzuwachen und begann mich zu rütteln und zu schütteln. Doch der mollig warme Wind tat so gut, dass ich gar nicht aufwachen wollte. Es war einfach zu gemütlich. Aber letztendlich habe ich die Spülmaschine doch verlassen. Ich denke, es gibt schönere Orte, wo man sich aufhalten kann, oder?

Ameisenhausen

Es klingelte Sturm an meiner Wohnungstüre. Schlaftrunken erhob ich mich von meiner Couch, auf der ich gerade ein Mittagsschläfchen gehalten hatte. Ich schlüpfte in die bereit stehenden Hausschuhe und ging mit langsamen Schritten zur Wohnungstüre. Von draußen waren keine Geräusche zu hören und ich schaute neugierig durch den Spion in der Türe, aber es war niemand zu sehen. Merkwürdig....Sollte ich das Klingelgeräusch nur geträumt haben? Gerade wollte ich mich wieder auf den Rückweg zu meiner gemütlichen Couch machen, als es wieder klingelte. Langsam drehte ich mich wieder rum und schaute wieder durch den Spion, um zu sehen, wer vor meiner Türe steht. Doch ich sah niemanden.

Das alles mußte eine Einbildung von mir sein, aber plötzlich hörte ich auch Stimmen. Sollte ich vielleicht doch einmal die Türe einen Spaltbreit öffnen? Ein bißchen Mut gehörte dazu, denn wer weiß schon, wer davor steht. Nach kurzer Überlegung ergriff ich die Türklinke und drückte diese vorsichtig herunter. "Naaaa eeendlich" waren die ersten Worte die ich hörte, wobei ich niemanden in meiner Augenhöhe sah. "Hallo?"...."Hallo?".....kam nach ein paar Sekunden über meine Lippen und dann ging mein Blick nach unten.

Unten auf dem Boden zog eine Armee von Ameisen in meine Wohnung ein. Sie trugen Sonnenschirme, Sonnenliegen, Badeinseln, Schwimmreifen und Wolldecken. Die meisten Köpfe der Ameisen zierten Sonnenhüte in den verrücktesten Farben. Einer der Ameisen trug ein T-Shirt mit der Aufschrift: "Oberboß". Er baute sich in seiner ganzen Größe vor mir auf und fragte mich, ob sie hier für 14 Tage Quartier beziehen können. Sie seien auf einer Urlaubsreise nach Ameisenhausen, das ungefähr 5 km von hier entfernt liegt.

Ich stand bloß da mit offenem Mund und wußte nicht was ich sagen sollte. Der Ameisen-Oberboß fragte, ob ich schlecht hören würde, oder ob er gegebenenfalls bis zu meinem Ohr hochkrabbeln sollte, damit die Verständigung besser klappt. Nein, nein....das ist nicht nötig....waren meine Gedanken und ich machte dem Ameisen-Oberboß verständlich, dass hier kein Urlaubsquartier frei war.

Da war dann vielleicht was los. Alle liefen wie wild durcheinander, packen die Sonnenschirme, die Sonnenliegen und all die anderen Sachen wieder ein, stellten sich in Reih und Glied auf und warteten, dass der Ameisen-Oberboß ein Kommando gab. Der verabschiedete sich mit einem Händedruck von mir und ich muß sagen, so ein Ameisenhändedruck ist ganz schön zart.

Dann begann er einen Singsang und alle Ameisen stimmten ein. Ich öffnete meine Türe und das Ameisenvolk zog wieder weiter. Vermutlich in die nächste Pension auf dem Weg nach Ameisenhausen. Gut, dass sie nicht darauf bestanden haben, bei mir zu nächtigen. Aber mir war ihr ganzes Gepäck auch wirklich zuviel ......

Die Idee

Wo sind denn bloß meine Ideen geblieben? Ich vermisse sie schon seit längerem. Auf der Suche danach nahm ich auf einem Gedanken Platz und machte mich bereit für die Reise durch mein Gehirn. Es gab viele Stellen, wo ich nicht hineinfahren konnte, weil sie durch zu viele Gedanken besetzt waren. Sie alle kamen sich super wichtig vor und wollten nicht weichen. Manchmal quetschte ich mich zwischen die Gedanken, die sich im Gehirn breit gemacht hatten. Vermutlich waren einige eingeschlafen und haben so nicht bemerkt, dass ich plötzlich ihren Platz eingenommen hatte. Die Gedanken sprachen alle durcheinander, weil jeder sich als die wichtigste Person ansah. Mir wurde schwindelig bei diesem Gerede und ich zog weiter.

Es kamen kleine Gruppen von Gedanken, die sich in einem schönen Raum befanden. Sie sangen fröhliche Lieder, aber als ich in ihre Gruppe eingetreten bin, verstummten sie. Plötzlich waren nur noch traurige Lieder zu hören und die Gedanken weinten bittere Tränen. Das machte mich dann auch sehr traurig und ich zog leise weiter. Sollten sie doch alleine weinen.

Einige Zeit später kam ich im Gehirn an eine Stelle, wo es furchtbar laut war. Jemand hämmerte und klopfte unentwegt. Das war ja kaum zum Aushalten. Ich hielt mir die Ohren zu und schleppte mich bis zum ersten Stuhl, der mitten in dem Gedanken aufgestellt war. "Du mußt das aushalten", hörte ich eine Stimme sagen. Und ich gehorchte, hörte das Hämmern und Klopfen, bis ich fast ohnmächtig wurde. So vergingen viele Stunden und auf einmal wurde es leiser, Stück für Stück. Auf allen Vieren verließ ich den Stuhl in der Mitte und befand mich wieder auf dem Gang durch mein Gehirn. Nie mehr wollte ich in diesen gräßlichen Raum eintreten!

Auf diesem Gang herrschte ein wildes Treiben. Alle Gedanken rannten wie wild durcheinander. Jeder erzählte seine Geschichte, so dass keiner den anderen mehr beachtete. Schluß- endlich krachten sie zusammen und brauchten Stunden, um sich neu zu orientieren. Was für ein Drama mitten im Gehirn. Ich war davon der- art gestreßt, dass ich mich auf einer Bank im Gehirnzimmer niederließ und einschlief.

Als ich aufwachte, herrschte fröhliches Treiben um mich herum. Die Gedanken lachten und sangen fröhliche Lieder, tanzten um einen goldenen Baum herum. Der Baum war so wunderschön, dass ich meinen Blick gar nicht von ihm wenden konnte. Ich hatte im Gehirn einen schönen Platz gefunden, wo nicht die Traurigkeit, nicht der Schmerz herrschten. Hier wollte ich bleiben.

Leise schlich ich jetzt von einem zum anderen Gedanken und freute mich mit ihm. Über einem Gedanken stand das Schild: "Ideen". Dort wollte ich hin und nachsehen, ob dort meine Ideen versteckt sind. Wäre es nicht schön, wenn wieder Ideen aus dem Gehirn fließen würden?

Ich öffnete die Augen, sah den blauen Himmel, hörte das Lachen der Menschen und auf einmal war sie wieder da: die Idee. Jetzt mußte sie nur noch niedergeschrieben werden. Langsam, ganz langsam bewegten sich meine Finger auf der Tastatur. Die Idee bekam ein Gesicht......

Die Türe

Ich öffnete vorsichtig die Türe. Ein leichter Windhauch wehte durch mein Haar und ich nahm den Geruch von irgendetwas wahr, den ich nicht deuten konnte. Mit leisen Schritten trat ich in den Raum ein. Meine Hände tasteten an der Wand entlang, um einen Lichtschalter zu finden. Doch es gab keinen. Ich fingerte nach der Taschenlampe in meiner Tasche und knipste sie an.

Es war gespenstisch im Schein der Taschenlampe den Raum abzusuchen. Doch was blieb mir sonst übrig? Dann stand ich plötzlich wieder im Dunkeln, weil das Licht der Taschenlampe auf einmal ausfiel. Ein Windhauch zog durch mein Haar und ich trat einen Schritt zurück. Ich spürte die Gardine in meinem Rücken, so dass mir klar wurde, dass ich am Fenster sein musste. Doch draußen war alles stockfinster und kein Lichtstrahl fiel ins Zimmer.

Ich tastete mich also langsam von einem Gegenstand zum anderen. Wo war bloß der Ausgang des Zimmers? Wo war ich hereingekommen? Ich war verwirrt, hatte die Orientierung im Dunkeln verloren. Wieder zog ein Windhauch durch meine Haare und ein fremder Geruch trat in meine Nase. Ich konnte ihn nicht deuten.

Abrupt blieb ich stehen und lauschte in die Dunkelheit hinein. Doch es war nichts zu hören. Ich versuchte zu rufen, doch es kam kein Ton aus meiner Kehle. Vermutlich war ich kurz davor, die Nerven zu verlieren, als aus dem Nebenraum leise Musik zu hören war. Stück für Stück tastete ich mich an der Wand entlang und erreichte schließlich die Türe. Ein Glücksgefühl durchfuhr mich, als ich feststellte, dass im Nebenzimmer alles hell und erleuchtet war. Im gleichen Moment zog ein Windhauch durch mein Haar und der seltsame Geruch war wieder da.

Ich trat einen Schritt in das hell erleuchtete Zimmer, drehte mich nach der Türe um und sah: Es gab keine Türe mehr in den anderen Raum. Alles war sehr merkwürdig. Ich verbrachte viele Stunden in einem großen Ohrensessel und wartete auf den Windhauch und den merkwürdigen Geruch. Aber nichts passierte mehr. Alles war so normal wie vorher auch. Nur ich, ich war leicht aus dem Gleichgewicht gebracht und brauchte einige

Zeit, um wieder voller Zuversicht in die Zukunft zu schauen.

Doch ich lächelte auch, weil dieses dunkle Zimmer gar nicht existiert. Es existiert nur in der Fantasie. Und die war wohl mit mir durchgegangen.

Schnupfelchen

Schnupfelchen hatte ein tolles Leben. Fand er jedenfalls. Manchmal blieb er tagelang, wochenlang an ein und derselben Stelle, um dort seine Arbeit zu verrichten. Es kam aber auch vor, dass er nur stundenweise anwesend sein musste. Möglicherweise ist er dann an die falsche Adresse geleitet worden. Aber darüber ärgerte sich Schnupfelchen nicht, denn er hatte ein sonniges Gemüt, was bei seiner Arbeit auch vonnöten war.

Mit diesem sonnigen Gemüt zog er überall ein, ließ sich nieder und versprühte seine miesen Arbeitsutensilien und machte es sich dann gemütlich. Es kam schon mal vor, dass er sich mit einem Anker festklammern musste, um nicht sofort wieder hinausgeworfen zu werden. Die Menschen waren schon undankbar, dachte er sich dann und rollte sich wieder in die dicke schleimige Matte ein.

Wenn er wachgerüttelt wurde – und das kam sehr oft vor – überprüfte er als erstes den Sitz der Arbeitsutensilien, denn sie waren dafür verantwortlich, dass alles mies lief. Schön laufen kann jeder, aber mies laufen lassen ist schon eine Kunst für sich. Schnupfelchen hatte dafür eine jahrelange Ausbildung bei der Hatschi-Universität absolviert und mit Bravour bestanden. Darauf war er mächtig stolz.

Seine Aufträge reichten von dicke bis dünne Nasen, kleine und große. Wenn er erst einmal drin war, begann seine Aufgabe, möglichst viele und lange Hatschis zu produzieren und die Menschen zu ärgern. Bei den großen Nasen musste er aufpassen, denn wenn sie Hatschi machten, bestand die Gefahr, dass sein Arbeitsplatz hinaus geweht wurde. Das war dann ärgerlich, weil er sich so stark an den Nasenwänden festgeklammert und dennoch verloren hatte.

Seine Arbeitsutensilien landeten dann in diesen hässlichen Papiertaschentüchern und keiner schenkte ihnen Bedeutung. Er krabbelte dann heraus und machte sich auf den Weg zur nächsten Nase. Wäre doch gelacht, wenn er nicht irgendwo eine hübsche Nase finden würde. Durch sein sonniges Gemüt war er stets guter Hoffnung, einen neuen Arbeitsplatz zu finden. Er konnte sich gar nicht vorstellen, dass man sich nicht über seine Ankunft freuen würde. Denn er kitzelte doch auch die Nase und nur, wenn sie sehr empfindlich war, musste sie auch niesen.

Die Sache mit dem Kitzeln fand Schnupfelchen ziemlich gut und so tat er sich mit der Sonne zusammen, um große und kleine Nasen zu besuchen. An diesem Spaß wollten auch die Blumen- und Gräserpollen Teil haben und schlossen sich der Gruppe auch an. So entstand dann die Hatschi-Kitzel-Pollen-Gruppe. Aber nicht alle Menschen freuen sich über ihren Besuch, aber daran stört sich die Gruppe nicht. Schnupfelchen hatte jetzt eine große Familie gefunden und war das ganze Jahr über beschäftigt. Vielleicht war er oder einer seiner Gruppe auch schon bei dir zu Besuch?

Die Ohren

Im Wartezimmer der kranken Ohren war heute viel los. Die Ohren Nr. 534 mussten heute viel Geduld aufbringen und lange warten, bis sie endlich aufgerufen wurden. Die Wartezeit überbrückten sie, indem sie in den Ohrenzeitschriften blätterten und sich die Neuigkeiten in der Ohrenwelt anschauten.

Über den Lautsprecher kam dann endlich die Durchsage, dass Ohrenpatient Nr. 534 sich bitte in Raum 007 begeben sollte. Dort begrüßte ihn dann Dr. Washörichgut und fragte nach seinen Beschwerden. Patient Nr. 534 verstand kein Wort, denn seine beiden Ohren waren nach einem Konzertbesuch taub. Er trug also laut brüllend seine Beschwerden vor und schaute in das erschreckte Gesicht von Dr. Washörichgut.

Der hantierte jetzt mit gewaltigen Instrumenten in den Ohren von Patient Nr. 534 herum und schrieb dann seine Fragen immer auf eine kleine Tafel, die er sodann dem Patienten vor die Nase hielt. So konnten sie gut kommunizieren und die Behandlung ging gut vonstatten.

Die Ohren von Patient Nr. 534 mussten noch weitere Untersuchungen über sich ergehen lassen. Dafür war es praktischer, dass man sie abschraubte. Es war eine gute Erfindung, dass Patient 534 über diese Einrichtung verfügte. So konnte er für eine gewisse Zeit im Wartezimmer Platz nehmen und seine Ohren wurden im Raum der Stille kurz zwischen geparkt. Sie bekamen leise wohl klingende Musik zu hören, bei der sie einschliefen und ein Nickerchen machten.

Nach etwa einer Stunde klopfte eine Schwester dem Patienten Nr. 534 auf die Schulter, der inzwischen intensiv in eine Studie über eine Ohren-Kreuzfahrt vertieft war und die Schwester gar nicht wahrgenommen hatte. Sie machte ihm verständlich, dass es nun an der Zeit war, in den Anpassungsraum zu gehen.

Im Anpassungsraum lagen die blitzblanken Ohren von Patient Nr. 534 auf einem goldenen Tisch. In der Zwischenzeit hatten sie die Musiktherapie hinter sich gebracht, eine warme und milde Reinigung mit einem angenehmen Duftmittel erhalten und unter einer Höhensonne gelegen.

Nun kam Dr. Washörichgut und setzte die Ohren wieder an die richtigen Stellen am Kopf an. Dann kam der große Augenblick und er sagte die Zauberworte: „Hören Sie mich jetzt?" Patient Nr. 534 machte große Augen, freute sich wie ein Kind und wackelte mit beiden Ohren. „Ja, ja, ja." Dann fiel er Dr. Washörichgut noch um den Hals und verließ glücklich die Praxis der kranken Ohren.

Hereinspaziert

Es geschah irgendwann an einem Abend, der begann wie jeder Abend. Plötzlich war es da, dieses Herzklopfen, dieses merkwürdig schöne Gefühl, das sie so lange schon vermisst hatte.

Es begann mit ein paar netten Worten, mit lieben Zeilen und es berührte das Herz an der richtigen Stelle. Wie Streicheleinheiten legten sich die geschriebenen Worte um ihr Herz. Konnte es sein, dass ihr Herzschlag sich verdoppelt hatte, sobald die ersten Zeilen eintrafen? Es klopfte im Takt der Liebe, doch sie wollte es noch nicht wahrhaben.

„Klopf - klopf"....sagte die Liebe und zog in ihr Herz ein. Wie konnte es sein, dass es einfach so geschah? Sie dachte doch, es klopft nie mehr in diesem Takt. Wie tief das Vertrauen plötzlich da war und das Gefühl der Geborgenheit.

Aus wenigen Zeilen wurden viele Zeilen und die Liebe verwandelte sie in Sekundenschnelle. Die Welt schien plötzlich bunter und heller zu sein und ihr Lachen hörte sich schön an. Sie hörte ihre eigene Stimme ganz anders; sie klang frei und glücklich. Es muss an der Liebe liegen, die dies Werk vollbrachte.

Dann trafen sich die beiden Herzen und das Glück sagte ja. Es gab plötzlich nur sie und ihn und die wunderbare Geschichte der Liebe nahm ihren Lauf. Vermutlich sollten sie sich finden und das Leben zusammen weiter leben. Mit all ihrem Gepäck des alten Lebens, das jeder immer mit sich trägt.

Das war´s

Nun ist er weg. Ich stand noch am Straßenrand und habe ihm zugewunken, als er weggefahren ist. Ganz leise und unscheinbar hat er sich verabschiedet. Ein Lächeln huschte über mein Gesicht und gleichzeitig überfiel mich eine gewisse Traurigkeit. Denn es war ein Abschied für immer. Naja, nicht direkt für immer. Manchmal würde ich ihn vielleicht hier und da sehen und er würde sich bemerkbar machen. Vermutlich klopfte mein Herz dann ein paar Takte schneller und man konnte ein Grinsen in meinem Gesicht entdecken.

So viele schöne Erinnerungen habe ich an ihn. Er war zuverlässig, was ich sehr schätzte. Ich konnte bei ihm laut und leise und schräg und schrill singen. Er ertrug alles. Wenn er Flecken hatte, nahm ich ein Tuch und wischte diese vorsichtig weg. Er hat sich nie beschwert, dass ich zu grob gewesen sei. Manchmal bin ich auch mit ihm zum Duschen gefahren. Ich glaube, das hat ihm besonders gut gefallen. Und jetzt ist er weg. Mein süßer kleiner Corsa. Er ist jetzt in den Händen meiner Tochter. Ich wünsche ihnen allzeit gute Fahrt. Es war die richtige Entscheidung und ich hoffe, dass er sich in seinem neuen Zuhause gut benimmt.

Bunte Bälle

Harry und ich schwammen schon einige Stunden in einem warmen Meer. Glücklicherweise hatten wir Schwimmwesten an und ließen uns treiben in der Hoffnung, bald an Land zu kommen. Zwischendurch mussten wir immer die bunten Bälle auseinandertreiben, die um uns herum schwammen. Überall waren sie, soweit das Auge reichte sah man sie. Es war ein Meer aus bunten Bällen. Die Sonne schien schon Stunden und langsam fragte ich mich Dinge wie: Gibt es das Meer der bunten Bälle? Und ja, wo lag es? Wieso hatte ich vorher nichts davon gehört? Es musste eine Bildungslücke sein. Zu diesem Schluss kam ich letztendlich.

Während ich mit beiden Händen die bunten Bälle von mir weg schob, rief Harry plötzlich ganz laut: „Land in Sicht". Er fuchtelte wild mit den Händen herum und warf Bälle nach mir. Ein roter Ball traf mich auf der Nase, die sofort anschwoll und rot wie eine Tomate wurde. Ein blauer Ball traf mein Auge und sogleich bekam ich ein dickes blaues Auge. Harry lachte wie verrückt und verschluckte sich fast an einem gelben Ball, der – wie sich dann herausstellte – wohl mehr einer Zitrone ähnelte. Jetzt lachte ich lauthals und aus meiner Nase liefen lauter kleine Tomaten heraus. Sie blutete nicht, nein, es kamen kleine Tomaten heraus. Ich beschloss, nicht weiter darüber nachzudenken und Richtung Insel zu schwimmen.

Harry und ich erreichten unter großen Anstrengungen die Insel trotz aller bunten Bälle im Meer. Wir legten uns an den Strand und holten tief Luft. Gerettet! Langsam drehten wir uns um, sahen die Bäume und Sträucher und wollten nicht glauben, was wir sahen. Sie trugen keine Früchte oder Blätter, nein, sie hatten statt dessen bunte Bälle als Früchte und Gemüse. Wir probierten sie und es war uns schnell klar, dass jede Farbe für eine Frucht stand. Rot waren Tomaten, grün Paprika, orange Möhren, gelb Bananen usw......

Das musste die Insel der verrückten Früchte und Gemüse sein. Oder die Bälle hatten die Insel erobert und niemand lebte mehr dort. Wir stöberten über die Insel und entdeckten bunte-Bälle-Häuser in denen tatsächlich Menschen lebten. Sie hießen uns herzlich willkommen, hingen uns einen Kranz voller bunter Bälle um den Hals und tanzten mit uns durch die Nacht. Als das Fest zu Ende ging, legten wir uns auf unser bunte-Bälle-Bett und deckten uns mit der bunte-Bälle-Decke zu. Wie verrückt das alles war.

Aber es war bestimmt kein Traum! Nein...."Harry, Harry....hör doch mal auf zu schnarchen! Und helfe mir dabei, die bunten Bälle wegzuräumen." Ach ja, könnte es sein, dass ich auch schnarche? Ich träume doch wohl nicht? Oder?

Schneeflocken

Wie bin ich denn hierher gekommen? Leicht benommen setzte ich mich auf eine Bank, die direkt vor mir stand. Sie war grün und weiß gestrichen und hatte ein kleines Schildchen auf dem stand: Herzlich Willkommen bei uns. Das war aber nett. Ich versuchte mich zu erinnern, woher ich gekommen war, aber mir fehlte jegliche Erinnerung.

Neugierig schaute ich mich um. Hinter mir gab es einen Tannenwald mit richtig hohen Tannen. Der Wald war dunkel und ich fürchtete mich ein wenig vor ihm. Wer weiß, was für gefährliche

Tiere darin herumliefen. Ich versuchte herauszufinden, in welchem Land ich war. Hinter den Tannen begannen Berge. Erst kleine, dann große, dann riesengroße. Über den Bergen gab es einen strahlend blauen Himmel mit Schäfchenwolken. Vermutlich war ich in Österreich. Oder in der Schweiz?

Während ich so auf der Bank saß, schaute ich zu meinen Füßen hinab und bemerkte, dass ich knöcheltief im Schnee stand. Schnee! Aber es gab nur Schnee auf dem Boden. Nicht auf den Tannen und nicht auf den Bergen. Das war merkwürdig. Und es war überhaupt nicht kalt hier. Ich saß in Sommersachen mit Sandalen im Schnee und es war mir warm!

Nah am Tannenwald gab es eine Berghütte, aber es führte kein Weg dorthin. Ich rief laut hallo, horido, grüzi, aber niemand antwortete mir. Vielleicht waren die Leute bei der Arbeit und kamen gleich nach Hause. Ich beschloss auf meiner Bank zu bleiben und zu warten. Wo sollte ich auch sonst hinlaufen? Ringsherum gab es nichts, rein gar nichts. Irgendwie alles sehr merkwürdig.

Dann bewegte sich die Erde hin und her und ich musste mich krampfhaft an der Bank festhalten. Der Schnee wirbelte durch die Luft und sauste durch meine Haare. Mir blieb fast die Luft weg. Das musste ein Erdbeben gewesen sein. Mit den Füßen stieß ich plötzlich an Glas. Es hörte sich jedenfalls an wie Glas, doch das konnte ja nicht sein. Wo sollte das Glas plötzlich herkommen in dieser schönen Landschaft?

Dann klingelte mein Handy und ich ließ meine eine Hand los um das Gespräch anzunehmen. Ich verlor den Halt und knallte wirklich gegen eine Glasscheibe. Um mich herum alles Schneeflocken. Nun entdeckte ich, wo ich war: Ich war zu einem Zwerg geschrumpft und in einer Schneekugel gefangen.

Dann klingelte wiederum mein Handy und ich erwachte aus dem Traum. Puh....ich war kein Zwerg und nicht in einer Schneekugel.

Winzling

Klein, er war doch so klein. Dabei wollte er so gerne groß sein wie die anderen auch. Denen ging das Gejammer mächtig auf die Nerven und sie setzten sich regelmäßig Ohrenschützer auf. Möglicherweise entging ihnen dabei, dass der Winzling behauptete, er hätte Bärenkräfte und wollte sich mit den anderen messen.

Tagtäglich wiederholte sich dasselbe Ritual. Der Winzling machte Stretchübungen, versuchte Gegenstände zu heben, die viel zu schwer waren mit dem Ergebnis, dass sie laut scheppernd zu Boden fielen. Die anderen lächelten müde zu dem Winzling rüber und gingen ihrem gewohnten Gang nach.

Jeder hatte seine besondere Aufgabe und es geschah sehr selten, dass einer die Aufgabe des anderen übernahm. Das war einfach nicht üblich. Höchstens, wenn eine Verletzung vorlag, sprang man für den Verletzten ein. Manchmal war das ziemlich kompliziert und es erforderte Balanceakte, um die Aufgaben zu erfüllen.

Als der Nachbar vom Winzling eines Tages verletzt war, kam seine Sternstunde und er konnte beweisen, dass er dessen Aufgabe mit übernehmen konnte. Er strengte sich also mächtig an und obwohl der Winzling alles gab, merkte er, dass es gar nicht so einfach war, den anderen zu ersetzen.

Eines abends, als fast alle Körperteile schon schliefen, unterhielten sich die Finger dann auf einmal aufgeregt. Sie sprachen darüber, wie schwer es ist, eine Tastatur zu bedienen, wenn nur einer von ihnen außer Gefecht gesetzt ist. Schließlich sind sie 10 Finger und alle fliegen in einer Geschwindigkeit über die Tastatur wie der Wind. Nun fiel ihnen auf, dass der Winzling, der kleine süße Finger hatte, die Arbeit des Ringfingers eigentlich ganz gut übernommen hatte und sie lobten ihn in höchsten Tönen. Da wurde dem kleinen Winzling ganz warm ums Herz und er war plötzlich sehr stolz, einer von 10 zu sein, die über die Tastatur flogen, um aus vielen Buchstaben Wörter zu schaffen.

Zusammenrücken

Na toll. Wieder ein Neuer. Und dann noch so ein Dicker. Da mussten sie alle wieder zusammen rücken und die Bäuche einziehen. Es gab welche mit kleinen und welche mit großen Bäuche. Die mit den großen Bäuchen waren meist sehr eingebildet und sprachen so von oben herab mit den kleinen Bäuchen.

Jeden Montag war Putztag und da mussten sie sich alle in einer Reihe aufstellen. Und wehe einer ordnete sich hinterher falsch ein. Da war die Hausherrin ziemlich mürrisch und murmelte immer was in ihr Putztuch. Es kam auch schon einmal vor, dass die Dünnen so zwischen den Dicken eingequetscht wurden, dass sie ganz verschwunden waren. Dann dauerte es eine Zeit, bis die Hausherrin es bemerkte und die Ordnung wieder herstellte.

Der neue Dicke hatte eine blaue Farbe. Er passte gut zu den anderen in der Reihe und fügte sich harmonisch in deren Farbpalette ein. Die Dünnen mochten ihn auf Anhieb gut leiden, denn er ließ ihnen immer ein wenig Platz, damit sie auch eine gute Sicht hatten.

Das gefiel natürlich den anderen Dicken nicht, denn sie wollten immer im Vordergrund stehen. Es wäre ihnen lieber gewesen, dass ein kleiner Dünner gekommen wäre und nicht schon wieder ein Dicker. Damit mussten sie sich nun wieder auseinander setzen.

Als die Hausherrin abends das Licht auslöschte, wurde es lebendig. Es wurde gedrückt und geschubst, soweit es die Kräfte zuließen. Zu guter Letzt gab es einen lauten Knall und aus dem Regal fielen zwei dicke Bücher und zwei dünne Bücher hinunter. Sie konnten sich nicht einigen, wer an welcher Stelle stehen sollte.

Die Hausherrin war durch den lauten Knall aufmerksam geworden und betrat das Zimmer, sah die Bescherung und fing an, die Bücher alle wieder in das Regal zu packen. Aber anstatt sie nebeneinander zu stellen, legte sie die heruntergefallenen Bücher übereinander. So konnten sie nicht mehr aus dem Regal fallen.

Als sich die Türe schloss, ging das Gemecker natürlich sofort los, wer oben und wer unten im Regal liegen durfte. Der neue Dicke wollte selbstverständlich oben liegen; da waren die anderen natürlich dagegen. Die übrigen Bücher im Regal wollten sich das Gejammer nicht weiter anhören und schlossen ihre Buchdeckel. Dann kehrte endlich Ruhe ein.

Flügelchen

Als ich die Augen öffnete, war ich ein Engel. Ich war noch ganz verwirrt, aber die anderen Engel waren alle so liebevoll mit mir, so dass ich mich gleich heimisch fühlte. Sie erzählten mir, dass meine Zeit auf der Erde abgelaufen sei und ich nun im Himmel sei. Ich schaute mich um in der Hoffnung, Menschen zu entdecken, die vor mir in den Himmel gegangen sind. Aber ich entdeckte niemanden.

Ich wunderte mich, dass ich keine Flügel hatte. Der Oberengel erklärte mir, dass ich sie mir erst verdienen müsste. Meine erste Aufgabe heute war die Wolke Nr. 7 zu putzen. Die sollte immer glänzen, denn wenn die Menschen glücklich sind, fühlen sie sich immer wie auf Wolke 7. Und niemand wird sich darunter eine schmutzige Wolke vorstellen. Also fing ich an, mit einem flauschigen Tuch die Wolke zu putzen. Kleine Flöckchen fielen auf die Erde hinunter und ich schaute ihnen hinterher. Der Oberengel sah das und schimpfte mit mir, dass ich vorsichtiger sein sollte, denn die Wolke 7 würde gleich gebraucht werden und sie sollte keine Löcher haben.

So vergingen die Tage im Himmel und eines morgens wuchsen mir kleine Flügelchen. Voller Freude zeigte ich sie meinen Engel-Freunden. Alle standen um mich herum und sangen ein lustiges Lied. Ich konnte es nicht hören, obwohl ich an ihrem Mund sah, dass sie sangen. Der Oberengel sagte mir wieder, dass ich für das Engellied erst wieder eine Prüfung bestehen muss.

Eines morgens musste ich sehr früh raus und meine kleinen Flügelchen wackelten ganz aufgeregt. Denn ich sollte auf die dunklen, düsten aussehenden Regenwolken. Ich musste sie mit Regenwasser füllen und mit Wind, damit sie über die Länder hinweg ziehen konnten. So sprang ich von einer Wolke zur anderen und erledigte meine Arbeit.

Die anderen Engel waren genauso fleißig und als wir fertig waren, ließen wir uns auf einer Schönwetterwolke nieder, aßen unser

Frühstück und sangen ein schönes Engellied. Erst nach der zweiten Strophe fiel mir auf, dass ich die anderen Engel singen hören konnte. Es war herrlich und ich sang alle Strophen mit. Engel singen wunderschön und die Lieder gehen direkt ins Herz.

Inzwischen war ich ein richtiger Engel geworden. Ich hatte große weiße Flügel, ich konnte wunderbar singen, von Wolke zu Wolke springen und ich hatte viele neue Engel-Freunde gefunden. Dann kam der Oberengel und nahm mich an die Hand. Er sagte, dass ich heute meine letzte Stufe erreicht habe und in den Himmel der Träume aufsteigen darf. Mit einem großen Schlüssel öffnete er in einer Schönwetterwolke eine goldene Türe. Ich ging durch sie hindurch und traf auf all die Menschen, auf die ich so gehofft hatte......

Manchmal können Träume sehr bildlich sein. Einmal ein Engel zu sein, ist aber auch mal schön...

Lauf weiter

„Komm Fuß, lauf weiter. Stell dich nicht so an!" Diese Worte hörte der Fuß fast täglich. Aber so sehr er sich auch bemühte, er konnte nicht so laufen, wie sein Mensch es gerne hätte. Manchmal jedoch erweckte er den Eindruck, als ob es ihm ziemlich gut ginge. Die Freude seines Menschen zeigte sich dann so, dass er sofort einen schönen Waldspaziergang zum See machte. Der Fuß versuchte dann die Schmerzen an das Knie weiterzugeben, was ihm auch gut gelang.

Während das Knie nun die Schmerzen bei sich spürte, schlief der Fuß gemütlich ein. Er schnarchte dabei ganz leise und bemerkte die vielen Stecknadeln in seinem Fuß nicht. Oft hatte er den Eindruck, dass sein dicker Zeh juckt, doch das war eine Täuschung. Die Stecknadeln waren darüber sehr sauer, weil sie sich so sehr anstrengten, tausend Nadelstiche hervorzubringen.

Das Knie bemühte sich redlich, die Schmerzen zu ignorieren. Denn es wußte, sobald der Fuß wach wird, sind die Schmerzen vorbei. Also versuchte das Knie Signale an den Fuß zu senden und ihn wachzumachen. Das Knie machte die verrücktesten Bewegungen, aber den Fuß interessierte es nicht. Er schnarchte weiter vor sich hin.

Da kam dem Mensch, dem das Knie gehörte, auf eine Idee. Er steckte den schlafenden Fuß in eiskaltes Wasser und mit einem Satz war der Fuß wach. Er rüttelte und schüttelte sich und verlangte nach einem warmen Tuch, um sich aufzuwärmen. Wütend schaute er das Knie an, das grinsend zu ihm herüber blickte.

So war es immer bei dem Menschen, dem der Fuß und das Knie gehörte. Die Schmerzen wechselten sich immer ab, blieben unterschiedlich lange an einer Stelle. Nun war es an der Zeit, dass beide Gymnastik verordnet bekamen und fleißig trainierten. Langsam, ganz langsam wurden die Schmerzen besser und als der Mensch schon richtig glücklich darüber war, entschlossen sich das Knie und der Fuß gemeinsam Schmerzsignale auszusenden. Das war dem Menschen gegenüber nicht fair und er zog es vor, noch mehr zu trainieren. Darüber waren das Knie und der Fuß so erstaunt, dass sie die dauernden Schmerzsignale vergaßen. Sie meldeten sich nur noch in gewissen Abständen und wenn der Mensch so weiter machte, müssen sie sich wohl ein neues

Menschenkind suchen, welches sie ärgern können.

Land der tausend Gedanken

Leere, nichts als Leere in meinem Kopf. Wo sind bloß die Gedanken geblieben? Die schönen und die nicht so schönen? Vermutlich machen sie Urlaub im Land der tausend Gedanken, liegen in der Sonne und erholen sich von all dem Stress der vergangenen Wochen.

Im Land der tausend Gedanken schwirren sie herum wie die Fliegen, setzen sich auf einem nieder und kichern wie verrückt. Sie fragen sich, was ist eigentlich los, warum gibt es keine Auszeit mehr in den tausend Gedanken?

Es gibt tolle Ecken im Land der tausend Gedanken. Endlose Strände mit bunten Liegestühlen gibt es dort und eine kleine Strandbar. Die Liegestühle sind alle belegt, bis auf einen und in den setze ich jetzt meine Gedanken rein. An der kleinen Strandbar bestelle ich mir einen Cocktail und schlürfe ihn genüßlich. Scheint kein Fünkchen Traurigkeit in diesem Cocktail zu sein, denn meine Gedanken entwirren sich langsam.

Am Strand läuft ein Verkäufer herum und bietet seine Ware an. Er bietet sie in einem Singsang an, dem ich mich nicht entziehen kann. Wie in Trance nehme ich drei Karten entgegen und lächel den Verkäufer dreimal an. Damit waren die Karten bezahlt. Wirklich, hier ist ein schöner Ort....

Ich schaue mir die Karten genauer an und muß lächeln. Denn auf der ersten Karte steht: „Bitte lächeln" und genau das habe ich ja gerade getan. Meine Gedanken denken zurück, wann es das letzte Mal gewesen ist und ich stelle fest: gerade erst.

Auf Karte Nr. 2 fällt mir als erstes die wunderschöne Wiese mit den Blumen auf und ich lese: „Atme tief ein"......und im gleichen Moment spüre ich diese Wirkung der Gedanken. Es ist toll.

Nun bin ich auf Karte Nr. 3 gespannt. Zuerst sehe ich nur ein leeres Blatt, aber dann füllt sich so nach und nach das Blatt und es entstehen Worte, die die Gedanken gerade denken. Ich bin wieder im Land der tausend

Gedanken angekommen und umarme jeden Buchstaben der erscheint.

Was für drei schöne Karten. Während ich im Liegestuhl liege und meinen Cocktail weiter genieße, denke ich mir, dass die Gedanken wohl eine Pause brauchten, um wieder mit neuer Energie zu starten. „Willkommen ihr Gedanken, schön dass ihr wieder da seit und gut, dass es das Land der tausend Gedanken gibt, das sicherlich viele kennen".

Inhalt

Herzlichen Glückwunsch	3
Praktikum	6
Buchstaben	8
Die Laune und der Frohsinn	10
Volltreffer	12
Der Spiegel	14
Stille	17
Aussichtspunkte	18
Das Loch	20
Außerirdische	23
Wolkenseil	25
Schluckauf	26
Es regnet	29
Ameisenhausen	31
Die Idee	34
Die Türe	37

Schnupfelchen	39
Die Ohren	42
Hereinspaziert	44
Das war´s	46
Bunte Bälle	47
Schneeflocken	49
Winzling	52
Zusammenrücken	54
Flügelchen	56
Lauf weiter	59
Land der tausend Gedanken	….61

Nachwort:

Ich hoffe, dass euch „Neues vom Grinsebäckchen" gefallen hat. Manchmal sind es verrückte, lustige und manchmal auch nachdenkliche Geschichten. Jede für sich ist einmalig.

Vielleicht gibt es eine Fortsetzung und wir lesen uns dann wieder. Ich würde mich darüber freuen.

Herstellung und Verlag:
BoD - Books on Demand, Norderstedt
ISBN 978-3-7412-8601-8